AF357104

L'ÉTHER,

OU

L'ÊTRE SUPRÊME ÉLÉMENTAIRE;

POEME PHILOSOPHIQUE ET MORAL,

à Priori.

EN CINQ CHANTS.

Si vous voulez trouver la vérité ne la cherchez pas
dans un gros Livre. -- La Vérité est une et simple,
et n'a besoin, ni d'étalage, ni d'érudition. Elle est à
nos esprits ce que la lumière est à la Nature; il lui
suffit de se montrer pour éclairer l'univers.

Ex invisibilibus, visibilia.
Ex visibilibus, invisibilia.

M. D. B.

A PARIS;

De l'Imprimerie de la Rue des Petits-Augustins,
Hôtel la Rochefoucauld, N.º 33.

M. DCC. XCVI.

On trouve à l'Imprimerie de la rue des Petits-Augustins, N.º 33, Faubourg Saint-Germain, le Livre de Thot, et la totalité des Ouvrages d'Etteilla, sur les Hautes Sciences, etc., etc.

EXPOSITION,

ANNONCE ET OBSERVATIONS

DE L'ÉDITEUR.

Un de mes anciens amis vient me voir il y a quelques tems, et me tient en substance le propos que voici :

» S'il existoit un Ouvrage dont la lecture pût se faire en moins de deux heures, et qui cependant fût le fruit de quinze années de méditations, de travail et de corrections ; si cet Ouvrage étoit un Poëme didactyque qui n'eût aucun modèle dans notre Langue et qui manquât à notre Littérature française ; si ce Poëme étoit écrit en vers harmonieux, hardis, élégans et corrects ; si ces vers étoient aisés à comprendre et facile à retenir ; si cet Ouvrage, bien conçu et savamment exécuté, traitoit de l'objet le plus grand, le plus sublime, le plus vaste, le plus noble, le plus important que l'esprit humain puisse concevoir ; s'il donnoit une idée nette, sensible et précise de l'Etre suprême et de sa véritable nature ; s'il avoit pour objet de détruire les fables ridicules, les préjugés absurdes, les suppositions grossières, et le fanatisme odieux qui régnent sur notre globe depuis tant de siècles; si à la place de ces systèmes bisarres et incompréhensibles que les hommes se sont stupidement forgés, il subtituoit des vérités simples et évidentes; des vérités fondées sur la physique, la raison, le calcul et l'expérience; sur les règles immuables de la statique, et sur le rapport de tous nos Sens qui ne nous trompent jamais quand leur témoignage est uniforme et le même chez tous les êtres bien organisés; si ce Poëme ne présentoit d'ailleurs que la morale la plus pure, et que loin de constrister et de dégrader l'homme il lui fit sentir toute la dignité de son Etre en lui faisant appercevoir la sublimité de son origine; l'excellence de son organisation actuelle; la grandeur et la majesté de sa destination éternelle. S'il tendoit à délivrer les mortels des craintes et des terreurs ridicules qui les tourmentent pendant le cours de leur pénible vie, et qui empoisonnent souvent leurs plaisirs les plus innocens, les plus doux et les plus naturels; enfin, si les principes établis par l'Auteur étoient tels qu'en ne les admettant pas, ou en en admettant d'autres, il fût impossible de raisonner juste en aucune matière, ni même de faire de bonnes lois, parce que celles qu'on entreprendroit de publier ne se trouveroient pas d'accord avec les Lois de la Nature qui sont les seules bonnes, les seules constantes, les seules irréformables, en ce qu'elles dérivent d'une source pure, éternelle et invariable : certainement s'il existoit un Ouvrage de cette espèce chacun auroit le plus grand desir, comme le plus grand intérêt de le rechercher, de se le procurer, de le lire et de s'en bien pénétrer. Eh bien ! j'ose presque dire que cet Ouvrage existe entre mes mains, et c'est celui que je viens vous proposer d'imprimer.

» Je ne prétends pas assûrer cependant que ce Poëme soit sans erreurs et sans défauts. Je suis bien éloigné même d'en garantir les principes qui demandent à être long-tems et soigneusement réfléchis ; mais en le lisant et en y donnant toute l'attention qu'il mérite, on jugera, à ce que j'espère, qu'il est digne au moins de la curiosité des Littérateurs Philosophes, de ceux sur-tout qui ne croyent qu'à ce qui est évidemment démontré.

» Ce que je puis dire encore, c'est que, quoique

je l'aie lu nombre de fois, j'ai toujours eu une nouvelle satisfaction à le relire; qu'il fait naître dans mon esprit une infinité d'idées que je n'avois pas, et que je ne connois point d'Ouvrage plus propre à élever l'ame, à la tranquilliser, et à mettre les hommes à l'abri des atteintes cruelles de l'inquiétude sur l'avenir.

» J'ai donné lecture de cet Ouvrage à quelques Littérateurs célèbres, et il m'a paru avoir fait sur eux la même impression que sur moi. J'en ai même trouvé parmi eux qui, en exagérant sans doute l'opinion qu'ils en avoient conçue, ont été jusqu'à me dire qu'ils le regardoient comme un rudiment de physique, de métaphysique et de morale; comme une espèce de chef-d'œuvre, de raisonnement, de diction, d'élégance et de poésie; et je ne me suis plus étonné alors de ce que l'Auteur disoit naivement, en parlant de sa pr oduction :

Je n'aurois jamais fait les beaux vers de Racine,

Mais jamais il n'eût fait les miens.

»Plusieurs Philosophes distingués m'ont paru desirer que ce Poëme fût imprimé. J'ai hésité d'abord à déférer à cette invitation, persuadé que, quelque avancé que fût notre siècle dans la haute philosophie, il n'étoit peut-être pas encore assez mûr pour qu'on pût donner à des conceptions aussi hardies une très-grande publicité. Ce n'est pas que j'entende dire, comme FONTENELLE, *que quand j'aurois les mains pleines de vérités, je ne daignerois pas les entrouvrir dans la crainte qu'il ne s'en échappât quelques-unes;* mais je dirai comme je le pense, qu'il est des matières si délicates, qu'il est quelquefois imprudent de les discuter profondément dans des ouvrages qui peuvent passer entre les mains de tous les hommes indistinctement ; qu'il est du devoir d'un homme sage de respecter, à certains égards, la croyance publique ; et qu'il y a souvent plus que de l'indiscrétion à publier des vérités qui contrarient les dogmes qui paroissent adoptés par la multitude, à qui il importe peut-être de laisser des espérances et des craintes pour la contenir dans les bornes du devoir.

» Ne voulant donc pas qu'on puisse me reprocher d'éclairer les hommes vulgaires plus qu'ils ne doivent l'être, et de chercher à détruire leur bonheur d'opinion, j'ai cru me mettre à l'abri de tout reproche en venant vous proposer d'imprimer ce Poëme, mais de n'en tirer qu'un petit nombre d'exemplaires, afin qu'il ne puisse être connu que des Gens-de-Lettres pour lesquels il ne sauroit être dangereux. Il m'a paru convenable et sans inconvenient qu'on pût le trouver dans un certain nombre de bibliothèques et sur-tout dans les bibliothèques publiques. Si l'on juge qu'il porte sur de faux principes, il ne tardera pas à être solidement réfuté, et dans ce cas, il ne servira qu'à fortifier l'opinion de ceux qui sont attachés à la croyance religieuse, et à prévenir l'égarement des esprits qui flottent dans le doute, et qui cherchent de bonne foi la vérité. On peut, sur de fortes probabilités, se trouver disposé à adopter un nouveau systême présenté d'une manière spécieuse et séduisante; mais si l'on y oppose l'évidence ou des motifs de crédibilité assez puissans pour en tenir lieu, alors on ne se laisse plus entraîner par les apparences du vrai, et le triomphe de la religion n'en est que plus éclatant et plus durable.

»Il eut été à desirer sans doute que de savans et profonds Législateurs nous eussent éclairés sur le premier principe, et qu'ils nous eussent

donné

donné une idée satisfaisante de l'Etre suprême, en présence duquel ils disoient opérer : d'autant plus que s'il existe un pur Esprit qui ait tout produit, qui ait fait connoître sa volonté aux hommes et qui ait prescrit le Culte qu'il veut qui lui soit rendu, il n'y a rien de mieux à faire que de s'y conformer et de maintenir l'exécution de ses décrets auxquels aucune puissance ne peut avoir le droit de déroger ; au lieu que s'il n'existe pas d'Etre semblable, c'est aux plus sages et aux plus instruits d'entre les hommes à prescrire à leurs semblables les règles auxquelles la société doit être soumise pour le bonheur commun.

»Ce que nos Législateurs n'ont pas fait, n'est-il pas permis d'essayer de le faire ? Ce n'est sûrement pas un délit que d'oser le tenter, puisque la Constitution elle-même donne à chacun la liberté de penser, d'écrire et de publier ses opinions : seul moyen de contribuer aux progrès de la raison humaine qui, jusqu'à présent, a été retenue dans d'étroites limites qui ne lui ont pas permis de se développer. Aussi sommes-nous restés dans une ignorance et une indécision où il n'est pas naturel que nous demeurions éternellement plongés.

» Quoique le Poëme que je me propose de faire imprimer ne soit qu'un assez petit Ouvrage, il est très-possible cependant qu'il fasse une grande Sensation. On a toujours reproché à nos Philosophes de ne chercher qu'à détruire, sans jamais rien mettre à la place de ce qu'ils détruisoient. Ce reproche ne sauroit être adressé à l'Auteur du Poëme de l'Ether. Il s'efforce à la vérité dans son premier Chant de faire connoître que nos dogmes religieux contrarient la physique et répugnent à la Raison; mais il employe les quatre autres à établir un système à *Priori* qu'il croit plus vrai, plus solide et plus fait pour assûrer la gloire des Empires, le triomphe de la Vertu et le bonheur de tous les humains. Si ce système n'est pas de nature à porter une entière conviction dans les Esprits, du moins pourra-t-il servir à exciter de plus grands Philosophes à en présenter un meilleur, ce qui ne contribueroit pas peu à éclairer nos esprits et à assûrer notre repos.

» Ne me demandez, continu mon ami, ni le nom de l'Auteur, ni comment son Poëme m'est parvenu; je ne puis vous dire ni l'un ni l'autre. Je ne sais pas même si cet Auteur existe encore. Ne parlons que de l'Ouvrage. Tel qu'il est il semble d'autant plus précieux qu'il pourroit servir à quelques égards d'introduction et de complément à la Constitution française. Et en effet, il est dit en tête de cette Constitution qu'elle est faite EN PRÉSENCE DE L'ÊTRE SUPRÊME; mais on ne dit pas quelle est la nature de cet Etre, ni quels sont ses attributs. Est-ce UN PUR ESPRIT qui a créé tout par sa seule volonté? ou bien est-ce une Matière subtile et incréé qui environne tous les mondes et les pénètre par son action et ses directions; une Matière invisible, mais réelle, dont la propriété est d'être toujours en mouvement; et qui par ses aggregats, ses cohesions et ses combinaisons éternelles, se transforme en tout ce qui existe; qui donne la vie à tous les Etres avec une profusion et une facilité inexprimables; qui a tout Pouvoir, mais qui n'a pas de Volonté, si ce n'est dans les Etres auxquels ce grand Moteur donne des Sens et des Organes, et dans lesquels seuls il voit, agit et pense pendant le tems seulement durant lequel ces Etres restent organisés.

» Voilà ce surquoi il eût été à desirer que la Constitution nous eût donné des Lumières, et c'est l'objet important que l'Auteur du Poëme de l'Ether a cherché à éclaircir : pourroit-on ne lui pas savoir gré de l'avoir tenté ?

» Il envisage l'Univers comme une Sphère infinie, dont (comme le dit Pascal) le centre est par-tout, la circonférence nulle part. Il la suppose remplie d'un Etre élémentaire immense comme elle ; d'une Matière parfaitement simple, essentiellement active et imminemment élastique, qui contient en soi le Principe de tout ce qui existe, peut et doit exister. Selon lui c'est cet Etre seul qui produit et organise tout par l'effet nécessaire du Mouvement qui lui est propre, et conformément aux Lois de la statique et de la gravitation. Il tire Tout de lui - même et ne donne aux Etres qu'il forme de sa Substance, que ce qui convient à chacun d'eux suivant leur nature : de manière qu'il est tout en Eux, et qu'ils sont tout en Lui ; ce qui fait qu'il n'y a dans toute la Nature, à parler exactement, qu'un seul Etre, une seule Substance, qui est toujours la même, quoiqu'elle se présente à nos yeux sous des formes différentes : formes qui semblent étrangères les unes aux autres, mais qui, au fond, dérivent toutes de la même source, et d'un seul et même Elément.

» L'Etre élémentaire, dont la lumière toute simple qu'elle est ne nous donne encore qu'une idée très-imparfaite, est tout-à-la-fois le commencement et la fin, *initium et finis*. Il semble réunir les contraires en ce qu'il produit le jour et les ténèbres; le chaud et le froid; le sec et l'humide; la matière subtile et la matière grossière; le corps et l'esprit; le bien et le mal. Mais c'est précisément de ces différences essentielles et nécessaires que résulte la nature des choses, qui ne sont telles que nous les voyons que parce qu'étant soumises aux Loix de la statique et de la nécessité, il n'est pas possible qu'elles puissent exister autrement.

» Etant donc le seul, le premier et le principal agent dont la Nature se compose, l'Etre élémentaire a, sans contredit, un Pouvoir sans bornes comme son existence et sa durée; mais selon l'Auteur du Poëme de l'Ether, il n'a et ne sauroit avoir ni pensée, ni entendement, ni volonté, ni desseins. Etant Simple et n'ayant point d'organes, il ne peut ni voir, ni entendre, ni vouloir, ni sentir, ni parler, ni penser. Il n'a que la puissance d'agir et la propriété du Tact, facultés qui tiennent à son Essence: ne jouissant des autres avantages que dans les Etres qu'il a formés de sa substance et auxquels il a donné des Organes et des Sens assez bien combinés pour qu'ils puissent jouir pendant un tems limité et relatif à leur constitution individuelle, des avantages précieux dont l'espèce humaine est éminemment et inégalement douée.

» L'homme n'a pas seulement reçu de la Nature des yeux qui voient, des oreilles qui entendent, et un Tact merveilleux qui le met à portée de faire tout ce qu'il imagine et ce qu'il juge devoir lui être utile; mais il a de plus le don de la Parole, et un Sens intime, auquel se reportent toutes ses Sensations. Ce sont ces facultés qui le rendent capable de porter son jugement sur les objets dont il est environné, et sur tous ceux auxquels son imagination peut atteindre; et sous ce point de vue il est l'Organe de l'Etre suprême, et peut être regardé non-seulement comme le plus parfait de tous les Etres créés, mais comme une Divinité véritable, émanée de la grande puissance qui vit en lui: *Ego dixi et vos dii estis et filii* EXCELSI omnes. Qu'il est grand, qu'il est sublime le privilège de l'homme qui lui permet de nommer et d'admirer son Créateur, lequel ne peut ni lui parler, ni le le voir, ni l'entendre, et qui n'a que le pouvoir de l'animer. Ce sont ces différens objets que l'Auteur du Poëme de l'Ether s'attache à discuter profondément, ce qui rend son Ouvrage vraiment intéressant, et plus utile que la plupart de ceux qui ont discuté le premier Principe. C'est au public, c'est aux Philosophes éclairés à juger cet Ouvrage. Les superstitieux n'y trouveront pas leur compte, et s'indigneront sans doute contre l'Auteur; mais si les vrais Philosophes, si les gens sensés et les Littérateurs distingués ne le dédaignent pas, leur suffrage suffira à la gloire de son Auteur, qui n'a eu d'autre desir que d'instruire les gens raisonnables, ni d'autre ambition que de mériter l'estime des hommes instruits ».

Après avoir écouté très-attentivement l'ami qui me parloit, voici qu'elle fut ma réponse. Je vais, lui ai-je dit, lire l'Ouvrage que vous me confiez avec intérêt. S'il me paroît tel que vous l'annoncez, je me chargerai volontiers de l'imprimer et de le répandre, et quelque soit le jugement des fanatiques et des supers-

titieux, je remplirai vos vues, qui me paroissent utiles et droites. Je ne ferai cependant tirer d'abord qu'un petit nombre d'exemplaires de cet Ouvrage pour qu'il ne puisse
pas produire de dangereux effets, et j'atten-
drai que le vœu public se soit suffisamment
prononcé pour lui donner plus de publicité
s'il en est jugé susceptible.

Je ne pense pas au reste qu'on puisse imputer à l'Auteur d'être un Athée. Admettant
un premier Principe, une Cause éternelle,
infinie et toute - puissante, de laquelle tout
émane, et où tout va se confondre, le reproche d'Athéisme lui seroit fait injustement.
Il n'est pas plus Athée que la plupart des Pères
de l'Eglise, qui ont soutenu que Dieu étoit
matière, et que sans substance il ne seroit
rien. *Quis negare potest* (dit Tertulien) *Deum
esse corpus.... sine substantia nil erit.* Il faut
croire que le tems d'injurier les Philosophes
et de calomnier leurs personnes et leurs opinions est passé pour ne plus revenir, et c'est
sans doute un des grands bienfaits de la Ré-
volution, qui a eu pricipalement pour objet de
détruire les préjugés nuisibles et d'y substituer
d'utiles et d'éternelles Vérités.

L'ETHER

L'ÉTHER,

OU

L'ÊTRE SUPRÊME ÉLÉMENTAIRE

POEME PHILOSOPHIQUE ET MORAL,
à Priori.

EN CINQ CHANTS.

PREMIER CHANT.

Vous qui d'un pur Esprit admettez l'existence ;
Vous qui nous l'annoncez dans sa divine essence
Comme un Etre parfait, dont l'unique bonheur
Est de se contempler dans toute sa splendeur ;
Qui n'a besoin de rien, qui peut seul se suffire :
Immuable, éternel, libre dans son empire
Où rien ne peut jamais altérer le repos,
Qu'il doit aux soins qu'il prend d'enchaîner tous les maux.
Parlez ? Concevez-vous que cet Etre suprême,
Inconstant dans ses vœux et contraire à Soi-même,
Ait formé le dessein ridicule et pervers
D'enfanter la Nature et créer l'Univers.

Dans le sein du néant, monde heureux, tu reposes :

C

Qu'étoit-il donc besoin de créer toutes choses?
De produire à-la-fois des Corps et des Esprits,
Et de donner des loix à l'Univers surpris?

De toute éternité tout est pur et tranquille ;
L'Eternel se repaît de sa gloire inutile;
Dignement concentré dans sa divinité
Pour lui rien n'est pénible et tout est volupté :
Pourquoi changer la scène ? et comment un Dieu Sage
Eût-il daigné forger un mécanique ouvrage.
S'il croyoit qu'il fut bon , pourquoi le différer ?
Le préjugeant mauvais le devoit-il créer ?
S'il est au Ciel un Dieu qui sent, agit et pense ,
Quel tableau lui devoit offrir sa préscience ?
L'homme étoit-il d'un prix assez grand à ses yeux
Pour qu'il lui fît un monde et lui créât des cieux?
O prodige étonnant! mystère impénétrable !
Produit-on dans le tems quand on est immuable?
Ce Dieu n'est donc pas tout , puisqu'il crée aujourd'hui
Par un nouvel effort autre chose que lui.

Etre injuste, homme ingrat , oses-tu méconnoître
L'essence et le pouvoir du Dieu qui t'a fait naître?
Cette voûte d'azur qui ceint le firmament;
Ces globes lumineux , ce soleil bienfaisant;
Ce spectacle pompeux qu'étale la Nature;
Ces champs, ces bois, ces prés, cette onde vive et pure;
Ces riches minéraux , ces fertiles moissons,
Ces végétaux , ces fruits des diverses saisons
Ces êtres variés qui remplissent la terre,

L'Homme enfin, tout nous dit qu'il faut que l'on révère
Un Esprit Créateur arbitre de tout bien.

Cet antique argument que nous prouve-t-il? Rien.
Dans l'océan des cieux je ne vois que Matière ;
C'est du Ciel que nous vient la vie et la lumière ;
Mais dois-je supposer qu'un Esprit Créateur
De nos biens, de nos maux soit le dispensateur ?
Ma raison n'admet pas qu'une masse grossière
Puisse être d'un Esprit le produit arbitraire ;
Un Esprit qui n'est rien qu'on puisse concevoir,
N'eût jamais pu créer ce que mon œil peut voir.

Doit-on penser qu'un Dieu, pour qu'on lui rende hommag
Ait d'un limon fangeux fait l'homme à son image.
C'est l'homme, bien plutôt, qui frappé de terreur,
Fit le Dieu qu'il implore envain dans son malheur ;
Le Dieu qu'on n'a jamais pu voir, jamais entendre;
Qu'on suppose existant sans le pouvoir comprendre ;
Qu'on nous dit d'adorer, de craindre et de bénir
Quoi qu'il ait fait nos maux qu'il eût dû prévenir.
Pour asservir le Peuple on créa cette idole.
Soit crainte, soit espoir, il l'admit sur parole,
Et livré par l'erreur aux superstitions,
Bientôt il lui donna toutes ses passions.
Convaincu du néant de cet Etre bisarre,
Dois-je me tourmenter du sort qu'il me prépare?
Et ne seroit-ce pas renoncer au bon sens
Que d'y croire plutôt qu'au rapport de mes Sens?

Si ce Dieu n'étoit pas, dit un hardi Poëte,

Il faudroit l'inventer. Cette idée indiscrète
Ne tend qu'à consacrer le mensonge et l'erreur;
Elle cache le doute et trahit son auteur.
Oser inventer Dieu! c'est mentir à la terre.
Laissons dogmatiser la Muse de Voltaire;
Dirigeons les Humains par les mœurs, par les Lois;
Nous les verrons bien moins attenter à nos droits.
De crimes flétrissans, de forfaits punissables,
Quelques monstres encore pourront être coupables;
Mais l'Homme qui voit bien sera plus vertueux,
Et le Peuple éclairé sera moins vicieux.

Sied-il bien de parler de Dieu, de Providence
A de tristes mortels accablés de souffrance?
Dans le monde physique et dans l'ordre moral,
Par-tout auprès du bien ne voit-on pas le mal?
Les déluges, les feux des volcans, le tonnerre,
Des vents impétueux l'indomptable colère;
Les ravages affreux des Torrens destructeurs;
La Lèpre et ses dégoûts, la Peste et ses horreurs;
L'infame trahison, la lâche perfidie,
Les chagrins dévorans qui font maudir la vie;
Les empoisonnemens et les assassinats,
Les biens dont sont comblés les plus grands scélérats;
Les ligues, les complots, les fureurs de la guerre,
Tant de fleaux enfin qui désolent la terre.....
Eh! qui ne frémiroit à l'aspect du tableau
Qu'offre cet Univers que l'on nous peint si beau!

L'Homme du Créateur la ressemblante image,

En butte à tous ces maux en éprouve l'outrage,
Et dans tous les états mécontent de son sort,
Attend en frémissant la vieillesse et la mort.
La Mort!... Et c'est un Dieu qui détruit son ouvrage!
Qui fait mille insensés avant de faire un sage;
Qui s'arme contre Nous d'une injuste rigueur,
Et nous fait menacer d'un éternel malheur
Si nous ne remplissons une Loi difficile,
Dont le dogme est absurde et le texte imbécile;
Et si nous usons mal de notre liberté
Trop funeste présent de la Divinité.
Impitoyable Dieu! cruelle Providence!
Est-ce donc-là le prix d'un moment d'existence?

Mais pour mourir un jour, et pour toujours souffrir
Eût-il été d'un Dieu de nous faire sortir
Du Néant qui n'est pas et qui ne sauroit être;
Qui ne peut rien produire et d'où rien ne peut naître,
Qui n'a pas de substance, et dont la nullité
L'assimile en tout point à la Divinité.
Le Néant et le Dieu sont incompréhensibles;
Sans Organes, sans Tact, ils sont inadmissibles,
Etres vains, Etres nuls, quel seroit leur pouvoir?
Et quand un pur Esprit nous auroit su pourvoir
D'une félicité complette et sans mesure;
Quand il eût sous nos loix asservi la Nature
Et rendu les Mortels parfaitement heureux,
En les associant à son sort glorieux,
D'un Dieu juste, puisant, la sagesse suprême
Auroit dû d'un tel plan rejetter le système,

Et ne pas laisser voir dans sa divinité
Tant de faste, d'orgueil, ou de futilité.
A quel dessein se faire une Cour éclatante?
Pour louer en tout tems sa beauté ravissante,
Pour célébrer ses dons et chanter ses vertus;
Ne sont-ce pas pour lui des plaisirs superflus?
Indignes en effet de sa magnificence.
Quelle nécessité de montrer sa puissance;
Puisqu'il sait se suffire, a-t-il besoin d'autrui?
Ces Etres, après tout, se passoient bien de lui;
Ne le connoissant pas ils n'avoient point envie
Pour pouvoir l'admirer de passer à la vie.
Qui d'eux eût consenti d'être dans aucun lieu,
Le plastron, le jouet du caprice d'un Dieu;
Qui d'un siècle ou d'un jour dédaignant l'existence,
N'eût cent fois au Néant donné la préférence.

Oh ! que d'inconséquence et que d'absurdité
Dans les desseins qu'on prête à la Divinité.
Dieu, qu'on suppose Esprit, fit, dit-on, la Matière;
De Rien il créa tout; à la Nature entière
Cet Esprit, sans contact, donna le mouvement;
D'innombrables Soleils orna le firmament;
De globes moins brillans parsema l'Empirée:
Par l'impossible effet de sa seule pensée,
Produisit des humains, tous inégaux entr'eux,
D'autant plus inquiets de leurs destins douteux,
Qu'aucun signe apparent ne le leur faisoit connoître
Que d'un Dieu, pur Esprit, ils avoient reçu l'être;
Qu'il leur sembloit plutôt en observant les cieux

Que la Nature active avoit formé par eux
La Terre et les Trésors dont sa masse est remplie ;
L'Homme qui la cultive et qui lui doit sa vie
Qu'il voit se consumer en regrets , en desirs,
En tourmens, en dégoûts , même au sein des plaisirs.

Tant de récits trompeurs , tant de faits incroyables,
N'en imposèrent point aux Etres raisonnables ;
Mais le sèxe crédule et le Peuple ignorant,
Cédant à la terreur crurent en soupirant
A ce Dieu qu'on disoit respirer la vengeance ;
Qui laisse l'injustice accabler l'innocence ;
Qui dédaigne et qui hait l'Etre qu'il a formé ,
Et qui prétend encore au bonheur d'être aimé.
Qu'on reconnoit bien là les traits de l'imposture,
L'aveuglement , l'erreur , l'oubli de la Nature ;
Le frauduleux accord des Prêtres et des Rois,
Qui , sous le nom d'un Dieu, nous ont donné des Lois;
Et qui , pour affermir leur grandeur usurpée,
Veulent tyranniser jusqu'à notre pensée.
Leur art ambitieux qui sût tout asservir ,
Et leur vil intérêt qui ne peut s'assouvir,
Ne portent point à croire à ce Dieu redoutable,
Qui permet le forfait et damne le coupable ;
Qui nous assujettit aux plus rudes travaux ;
Qui pour nous éprouver nous livre aux plus grands maux,
Et qui , dans les accès de sa fureur étrange ,
Oubliant qu'il est Dieu nous punit et se venge.

Osons donc publier que la Religion
Naquit du fanatisme et de l'ambition ;

Que son unique objet, Dieu, n'est qu'une chimère;
Un fantôme impuissant, une ombre mensongère;
Qu'on ne prêche aux humains que pour les opprimer.
Qu'on n'a pas plus sujet de craindre que d'aimer
Ce Dieu, qui n'a jamais su montrer sa présence,
Et dont aucun Mortel ne conçoit l'existence.
Qui souffre est convaincu qu'un Dieu ne l'a pas fait;
Et quand l'homme seroit moins foible, plus parfait,
Je ne reconnois pas à ce perfide ouvrage
Le sceau d'un Créateur majestueux et sage;
J'aime mieux imputer à la Nécessité
Mon Etre et mes destins qu'à la Divinité.
Et pour justifier un si hardi système,
Observons la Nature et rentrons en nous-même.
L'Etre qui sait penser, l'homme qui peut tout voir,
A droit de tout juger et de tout concevoir.

CHANT

CHANT II.

Depuis les tems fameux obscurcie par les fables,
On berce nos Esprits de dogmes incroyables ;
Du cercle de l'erreur l'homme n'a pu sortir,
Des fourbes soudoyés n'ont fait que nous mentir.
Tâchons de réparer le mal qu'on fit au monde,
Répandons des clartés dans une nuit profonde ;
De leur illusion dégageons les Mortels,
Dévoilons à leurs yeux les Secrets éternels.

Dans l'abîme des tems quand mon Esprit se plonge,
Tout confond ma raison, tout me paroît un songe ;
Je croirois volontiers, sans m'y trop arrêter,
Que rien dans l'Univers ne devroit exister,
Ni Cieux, ni Mouvement, ni Mondes, ni Matière,
Pas un atôme enfin de la Nature entière.
Et d'où ces vieux objets peuvent-ils provenir ?
Qui les a pu créer ? qui les a fait sortir
Du Néant supposé qui devançoit la terre ?
Un Dieu même de Rien n'eût jamais pu rien faire.

Tout existe pourtant, et je suis bien tenté
De croire que tout est de toute éternité.
Si la Création est un acte impossible,
Tout dit à la raison que l'Air irrésistible
N'a ni ne peut avoir aucun commencement ;
Qu'il est parce qu'il est, et que c'est l'Elément
Qui, par son grand pouvoir et par son énergie,

D

A produit tous les Corps et leur donne la vie,
Ne les laissant jouir de ce don précieux,
Qu'autant qu'il s'assimile et s'organise en eux;
Qu'autant qu'il fait durer les ressorts qu'il fabrique,
Par l'insensible effet de sa puissance unique :
Ressorts qu'il entretien, qu'il use et qu'il détruit
Pour reproduire encor comme il avoit produit.

Nous sommes entourés des plus brillans Spectacles,
Mais pour nous désormais il n'est plus de miracles.
Dans l'espace inconnu, dans les plaines du Ciel,
Sur notre globe enfin rien n'est surnaturel.

Il existe un Principe Eternel, Nécessaire,
Un Elément sublime, infini dans sa Sphère,
Remplissant tout l'espace, immense, et tout puissant,
Un être Simple, enfin Dieu par son mouvement.
Courant, en un clin-d'œil, de l'un à l'autre pôle,
Et dans tout l'Univers jouant seul le grand rôle;
Formant, déformant tout, organisant les corps
Par l'infaillible effet de ses puissans ressorts.
Construisant, détruisant pour reproduire encore;
Donnant et reprenant du couchant à l'aurore;
Agissant en tout tems, ne s'altérant jamais,
Et ne se doutant pas des Mondes qu'il a fait.
Créant sans le savoir les moules, les matrices;
Passant par les couloirs et par les interstices;
Ne ralentissant pas sa fluide action,
Imprimant a tout Etre et la Vie et le Ton.
Fabricateur actif du mode et de la chose;
Variant les effets sans varier la cause;

Suivant toujours sa règle, allant d'un pas égal
Soit dans l'ordre physique ou dans l'ordre moral ;
Produisant, sans dessein , dans tout ce qu'il opère ,
Le mal auprès du bien ; le Bonheur , la misère ,
Le vice , la vertu , l'erreur et la raison ,
La plante salutaire , et le subtil poison ;
Dirigeant les saisons , les vents et les orages ;
Faisant les beaux-esprits , et les sots , et les sages ,
Le plaisir , la douleur , et tout ce qu'ici bas
L'Homme foible et mortel rencontre sur ses pas.

Ce que , jusqu'à présent , l'Esprit n'a pû comprendre ,
La Terre nous le dit , le Ciel le fait entendre ;
Ils annoncent l'agent que mon esprit conçoit ,
Que tout Être qui pense en tout être apperçoit.
Cet agent est par-tout , et tout est son ouvrage ;
Dans le livre du monde il est à chaque page ,
Il habite dans nous , et nous sommes en lui :
C'est par son seul pouvoir que j'existe aujourd'hui.
Etant privé de Sens , il est sans prévoyance ;
C'est cependant par lui que l'Homme vit et pense.
Ne pouvant réfléchir , il n'a pas de dessein ;
Son état est de Faire , agir est son destin.
Il procure aux humains un sort très-peu durable ;
L'avantage du sien est d'être impérissable ,
De commander à tout sans dépendre de rien ,
Et sans s'embarrasser si tout va mal ou bien.

De son flux et reflux tout reçoit la naissance ;
Seul , il fait les destins des Mondes qu'il balance ;
Ses brûlans tourbillons forment l'astre du jour ,

Qu'un Mage croit un Dieu digne de son amour,
Et qui n'est aux regards de nos fiers Astronômes
Qu'un globe étincelant environné d'atômes,
Qui tenant de l'Ether ce qu'il a de vertu
Ne peut jamais donner que ce qu'il a reçu.
Admirons cet Ether dans ses plus beaux ouvrages,
Bien fait pour exciter nos plus justes hommages.
Nous lui devons Socrate, Archimède et Platon ;
Il a produit Descartes, il a créé Newton.
Selon qu'il s'introduit dans un Etre qu'il forme,
Il le rend bon, mauvais, agréable ou difforme ;
Il fait naître nos goûts, nos sentimens, nos mœurs,
Il règle nos esprits, il commande à nos cœurs.
Il prépare et conduit par des routes certaines
Le fluide incarnat qu'il foule dans nos veines ;
En agitant nos Sens il nous fait tour-à-tour
Passer rapidement de la haine à l'amour :
Il fait éclore en nous les douces sympathies,
Les ames sont par lui bien ou mal assorties ;
Comme il agit sur nous, sur tout nous agissons ;
Ce qui nous vient de lui nous nous le transmettons ;
Par lui seul s'établit le rapport nécessaire
Qui lie intimement le Ciel avec la Terre ;
Cet agent, en un mot, est notre unique appui,
Tout nous vient de sa source et tout retourne en lui.

P o u r pouvoir s'assûrer de sa grande puissance
Et de l'activité qui tient à son Essence,
Notre Esprit n'a besoin que de bien concevoir
Que par-delà les Cieux, que ce Dieu fait mouvoir,

Il est un Océan d'Éther inaccessible ,
D'autant plus agissant qu'il est plus invisible ,
Dont l'empire est sans borne , et qui contenant Tout,
Injecte l'Univers sans en trouver le bout.
Ce primitif agent n'en admet aucun autre.
Cherchez le grand Moteur , cherchez ! Voilà le nôtre !
Ce n'est pas un Esprit , un pur Esprit n'est rien.
C'est un Etre réel dont l'Univers est plein ;
Dont tout ce qui respire annonce la présence ;
Dont nul Etre ne peut contester l'existence ;
Immuable , éternel , il est simple et parfait ,
Et puisqu'il me conserve , il faut bien qu'il m'ait fait.

Quand on veut parvenir à la source d'un fleuve,
Il faut le remonter. Ainsi de preuve en preuve,
En me connoissant bien , en sachant où je suis ,
En combinant mon Etre et tout ce que je puis ;
En méditant la Loi qui fait que tout gravite ;
En mesurant les Cieux , en cherchant leur limite ,
En m'assûrant plus tôt qu'ils n'en peuvent avoir ,
Les grandes vérités luiront à mon espoir.
Marchons donc droit au but, et scrutons la Nature ;
Puisons par tous nos Sens dans cette source pure,
Nous apprendrons bientôt , même sans trop d'effort ,
Ce qui règle pour nous et la vie et la mort ;
Ce qui fait le bonheur ou le malheur des hommes :
Ce qui, sans notre aveu, nous rend ce que nous Sommes,
Ce qui produit enfin les prodiges nombreux ,
Que la riche Nature opère sous nos yeux.

CHANT III.

MALGRÉ tous les ennuis dont notre ame s'irrite,
L'Homme est le Souverain du Monde qu'il habite,
Il y commande en Maître et tout subit sa loi.
Mais qu'est-il? d'où vient-il? Que trouve-t-il en Soi
Qui puisse l'éclairer sur son sort, sur son Etre,
Et lui montre l'agent qu'il aspire à connoître?
Il est sans contredit l'acte le plus parfait,
Le plus bel œuvre enfin que la Nature ait fait;
Mais, malgré son orgueil, c'est un être ordinaire.
Qu'apperçoit-on en lui? Mouvement et Matière;
Semblable, sur ce point, à tous les végétaux,
Naissant, vivant, mourant comme les animaux.
La Substance de l'Homme est plus harmonieuse;
Ses Sens sont plus exquis; sa forme est plus heureuse;
D'où cela provient-il, Mortels trop abusés?
De ce que les Humains sont mieux organisés.
Et combien, même entr'eux, voit-on de différence.
L'un brille par l'Esprit, les talens, l'éloquence;
L'autre est un imbécille, un sot, un étourdi,
Trop vil pour mériter qu'on s'occupe de lui.
A peine celui-ci paroît à la lumière,
Que la mort pour toujours vient fermer sa paupière;
Et tel dont le destin est d'exister long-tems
Croît, décroît, voit périr sa raison et ses Sens.
Le Ton de mouvement fait les uns et les autres;
Tout être à sa filière, et nous avons les nôtres,

Et suivant qu'elles sont ou bien ou mal en nous,
Nous sommes des méchans, des Sages ou des fous,
Nous aimons les vertus ou bien les injustices.
Mais qui fait ces couloirs, qui fait ces interstices,
Ce Ton de mouvement qui réglant nos destins
Nous accable de maux ou nous comble de biens ?
N'accusons pas un Dieu d'un si cruel caprice;
S'il nous avoit créés, nous n'aurions aucun vice;
Il veilleroit sur nous, il seroit notre appui,
Ses trop heureux enfans seroient dignes de lui.
Il faut donc que ce soit une aveugle Puissance,
Qui forme et qui détruit notre frêle existence;
Qui défait et refait tous les Etres divers,
Qui remplissent la terre et peuplent l'Univers.
On peut, en admirant sa riche architecture,
Chercher le grand Pouvoir au sein de la Nature;
Et pourquoi voudroit-on le supposer ailleurs ?
La Nature est par-tout, par-tout sont ses facteurs :
Et pour apprécier cette Nature immense,
Prenons l'Homme à l'instant où son destin commence;
Suivons-le pas à pas, de degrés en degrés;
Voyons de quels objets nous sommes entourés;
Armons-nous du flambleau de la Philosophie,
Quelle dicte mes Vers, quelle les justifie;
Pesons les argumens avec sévérité;
Distinguons bien l'erreur d'avec la vérité;
Sur-tout ne concluons qu'après l'expérience,
C'est le plus sûr moyen d'atteindre à l'évidence.

Puisque dans l'Homme on voit Matière et Mouvement,

L'ETHER,

Je conçois qu'il existe un éternel Agent
Qui guide, modifie et régit tous les Etres ;
Qui, pour nous procréer, a détrait nos ancêtres ;
Qui produit sans effort ce que nous admirons,
Et fait bien plus encor que nous n'imaginons.
Mais ce Suprême agent qui Seul a pu tout faire,
Est-il un pur Esprit ou bien est-il Matière ?
L'Esprit est sans Contact pour agir sur les Corps,
Il n'en peut ni former, ni briser les ressorts.
Le Corps de son côté, le Corps, quoi en dise,
Pour atteindre à l'Esprit ne peut avoir de prise ;
L'unité de Substance est l'infaillible loi
Que dicte la Raison plus sûre que la Foi.
Ainsi donc la Matière, agissante, énergique,
A dû tout enfanter par sa force organique.
Elle existe du moins, ses effets sont constans ;
Ce que l'on nomme Esprit échappe à tous les Sens ;
Et d'où tireroit-il son absurde origine ?
Quel moyen eût-il eu de la rendre Divine ?
Le Pouvoir appartient au Céleste Elément ;
L'Esprit ne peut pas plus que ne peut le Néant.
Disons qu'un pur Esprit est un Etre factice,
Inventé pour servir d'épouvantail au vice.
Dieu, c'est du pur Ether l'éternel mouvement,
Non l'Etre de raison que la Raison dément.

La Dieu que chaque jour nous nommons notre père,
N'est pour nous, dans le vrai, qu'une insensible mère,
La Nature est son nom ; son éternel emploi
Est de créer sans cesse, et sans savoir pourquoi.

Faits

Faite pour enfanter par sa force motrice ,
En elle on n'apperçoit qu'une énorme matrice,
Qui, des nombreux essais de ses Conceptions,
N'obtient que des fétus rarement sains et bons.
A quelque haut degré que son pouvoir s'élève ,
Cette substance ébauche , et par l'Homme elle achève.
Accablé de besoins , livré à mille maux .
A qui sont dûs nos arts? à Nous, à nos travaux;
Sans nos pénibles soins que seroit la Nature?
Que récolteroit-on dans un champ sans culture ?
L'usage de nos Sens est ce qui nous instruit ;
Eux seuls ils font notre ame , et forment notre Esprit.
Privé de leur secours, errant de plage en plage ,
L'Homme n'habiteroit qu'un repaire sauvage ,
Et manquant de raison , comme d'entendement ,
Il n'auroit que l'instinct sans aucun jugement.
Ce n'est qu'avec le Tact , la Parole et les Signes,
Avantages divins, privilèges insignes ,
Que pouvant réfléchir et sachant comparer ,
Nous faisons ce qu'un Dieu ne sauroit opérer.
Ne soyez point surpris , Mortels , si votre vie
De tant de maux divers est constamment suivie ;
La Nature a deux Seins , l'un distile le miel ,
Et de l'autre plus fécond ne produit que du fiel.
Nature ! il est bien vrai que c'est ton influence
Qui des biens et des maux fout pencher la balance ;
Mais de tes dons suspects , puisqu'il faut l'avouer ,
Nous avons à nous plaindre autant qu'à nous louer.
Nous sentons toutefois , qu'à ta seule puissance
Nous devons le bienfait d'une heureuse existence ;

Qui, seule nous permet, dans l'âge des desirs,
De goûter de l'amour les ravissans plaisirs;
De tels présens du ciel sont précieux sans doute;
Mais pour en bien user, combien il nous en coûte;
Combien faut-il d'efforts pour maîtriser nos cœurs,
Régler nos passions et réformer nos mœurs?
Au destin des Mortels, Nature! tu présides :
Pour agir, pour penser, l'Homme seul tient ses guides;
Il ne doit ses talens qu'à son instruction,
Hélas! que serions-nous sans l'éducation?

QUAND mon art rend ainsi la vérité sensible;
Quand je dis qu'à l'Ether il n'est rien d'impossible,
Tu t'irrites, Docteur, et ma raison t'aigrit :
Écoute, et réponds-moi : Qu'est-ce qu'un pur Esprit?
Peux-tu le définir? sans réelle existence,
Dois-tu lui supposer la suprême puissance,
Le pouvoir de créer, de vouloir, de sentir,
De penser et de voir, de toucher et d'ouïr?
Les Corps organisés ont seuls cet avantage,
Que jamais pur Esprit ne reçut en partage.
Dis-moi? lorsque ton Cœur éprouve un Sentiment,
Penses-tu qu'un esprit survient au même instant,
Qu'il embrasse l'objet, le poursuit, le compare,
Le juge et fait mouvoir le Corps dont il s'empare?
De semblables effets seroient plus qu'étonnans.
Ah! n'y reconnois donc que l'ouvrage des Sens,
Un mécanisme pur, un acte Elémentaire,
Qu'un Esprit n'auroit pas la faculté de faire.

DES tableaux, dont l'image est présente à nos yeux,

Naissent tous les rapports qu'ont les êtres entr'eux.
Quand nos Sens sont émus, et quand nos nerfs frémissent,
Mille rayons alors dardent, se réfléchissent,
L'objet s'offre, nous frappe, on s'attache à le voir;
Il paroît, disparoît comme dans un Miroir.
L'intime Sentiment a l'effet d'une glace
Qui réfléchit les Corps des points de leur surface;
Notre fibre s'ébranle et fait éclore en Nous
Des Tons de mouvement, tantôt vifs, tantôt doux,
La peine ou le plaisir éclate à l'instant même,
On est triste ou joyeux, on déteste ou l'on aime;
Le besoin, l'intérêt, font retentir leur voix,
Ainsi le Cerveau pense et le Cœur fait son choix.

Ce que je dis ici, ne le crois pas frivole.
Dès que le Sentiment se rend par la Parole,
Tu dois juger qu'en nous rien n'est spirituel;
Que cö qui s'y produit est physique, est réel,
Et provient du concours des Effets et des Causes
Qu'amène aveuglément la Nature des choses.
C'est au sein de l'Éther qu'est le premier Moteur.
L'Éther actif, immense, est vraiment Créateur;
Sa source inépuisable est éternelle et pure;
Il contient, il gouverne, il remplit la Nature;
Il sait fixer en lui ses esprits volatils,
Et volatiliser les Corps les moins subtils.
Il se montre par-tout, quoi qu'il soit invisible;
Par-tout il s'introduit sans se rendre Sensible;
Il est le grand Archet qui rend les Sons divins,
Que nous croyons devoir à nos savantes mains.

Il produit les effets du Pinceau qu'on admire ;
Et du Ciseau qui fait que le marbre respire ;
C'est lui qui nous anime, et qui sans se lasser,
Nous fait mouvoir, sentir, voir, parler et penser :
Ou plutôt, comme il est notre propre Substance,
C'est lui qui vit en Nous, en Nous c'est lui qui pense.
Toujours simple et sublime, il agit, réagit
Sur les Cieux et sur Nous, sans miracle et sans bruit ;
Il est le Jéhovah, l'Etre par excellence,
Le seul dont l'Homme sent et conçoit l'influence.

Qu'on ne vante donc plus l'Unité de dessein
Du Dieu que l'on prétend régler notre destin.
S'il eût fait l'œil pour voir, l'oreille pour entendre,
Le Corps pour s'exercer, et l'Esprit pour comprendre :
Pourquoi tant d'insensés, d'aveugles et de sourds ;
Tant d'infirmes traînans leurs déplorables jours.
Tout fortifie en nous la notion exacte,
Que l'Agent qui fait l'œil y met la Cataracte,
Et qu'un polype au cœur, un ulcère au poulmon
Ne peuvent émaner d'un Dieu puissant et bon.
Seule tu fais nos maux, Nature irréprochable !
Un Dieu qui les eût fait, seroit-il excusable ?

Dans le dévôt système où l'on ne comprend rien,
Qu'on nous montre la source et du mal et du bien ?
Dire que notre sort dépendoit d'une Pomme ;
C'est imputer à Dieu l'horeur de tenter l'Homme ;
C'est le juger cruel, injuste et sans bonté ;
Attributs répugnans à la Divinité.
Maux, vices et vertus, tout est de la Nature.

Si des fléaux du Ciel nous éprouvons l'injure ;
S'il est des Etres fous, forcenés, scélérats ;
Si l'Homme infortuné souffre jusqu'au trépas ;
C'est que le Grand Moteur, seul Dieu par sa puissance,
Dépourvu de tout Sens est sans intelligence,
Et qu'en se combinant de toute éternité,
Il ne fait qu'obéir à la Nécessité.

CEPENDANT, nous dit-on, comment se peut-il faire,
En attribuant tout à l'Etre élémentaire,
Que l'Homme ait obtenu l'heureux don de Penser,
Qu'aucun concours fortuit ne sauroit dispenser.
N'est-il pas évident que le Mortel qui pense
Ne reçoit ce bienfait que d'une intelligence ?

Ce vain raisonnement s'écarte en peu de mots,
Et sa subtilité n'en impose qu'aux Sots.
Néant et pur Esprit sont une même chose.
Penser est un effet qui provient d'une Cause ;
Cette Cause est dans tout ce qui se fait Sentir ;
Elle est dans la douleur, elle est dans le plaisir ;
Elle est dans nos besoins qui renaissent sans cesse ;
Dans nos aversions, et dans notre tendresse ;
Dans nos goûts, dans nos mœurs, dans nos moindres desirs
Et dans tous les objets de nos fréquens Soupirs.
Redisons donc encor que c'est de la Nature
Que l'Homme tient ses Sens, son Ame, sa Structure.
En croissant, en voyant, en touchant, en parlant,
Il observe, il compare, il combine, il comprend ;
Il commerce d'idée avec tous ses semblables,
Rarement fortunés, trop souvent misérables ;

C'est ainsi qu'un Penseur, oppose un Dieu réel ;
Au fantôme, au Néant d'un Dieu surnaturel.

J'ENTENDS l'intolérant, le fanatique austère,
S'écrier : qu'il n'est plus de Vertus sur la Terre,
Plus d'ordre, plus d'espoir, plus de moralité,
Si l'équité d'un Dieu, pendant l'éternité,
Ne comble ses Elus de ses biens ineffables,
Et n'appésantit pas son bras sur les Coupables ;
Ainsi parle l'erreur : ces mystiques discours
Ne peuvent que verser le poison sur nos jours.
N'attendons pas d'un Dieu le châtiment des hommes ;
C'est Lui qui nous a fait méchans quand nous le sommes.
Puisqu'il ne peut qu'agir, et qu'il nous fait Penser,
C'est à nous de punir et de récompenser.
Le Dieu de l'Univers, insensible et suprême,
Punit-il des forfaits qu'il a produit lui-même ?
C'est Lui, c'est son pouvoir qui règle mon destin,
J'étois Pur, et je dois rentrer Pur dans son Sein.

AH ! vivons sans ennuis, et souffrons sans nous plaindre,
Trop heureux en mourant de n'avoir rien à craindre,
Et de pouvoir nous dire en nos derniers momens,
Bientôt nous n'aurons plus ni soucis ni tourmens.

TANT que l'homme jouit ou gémit de la vie,
Il lui semble en user au gré de son envie ;
Sa vanité lui dit qu'il peut en disposer,
Que même il a le droit d'en pouvoir abuser ;
Mais recevant du Ciel cette invisible flamme,
Tant que réside en lui cette Ame de son Ame,

Il agit forcément par le décret du sort
Qui l'appelle à la vie, et le traîne à la Mort;
Il tient, sans y songer, toujours à quelque entrave,
Se croyant libre, il n'est qu'un véritable Esclave.
Soumis dans son physique au destin général,
Qui l'asservit encor dans son instinct moral.
Et quel est ce Pouvoir étonnant et sublime
Qui nous conserve tous et qui tous nous anime?
Qui faisant de ses dons un partage inégal,
Traite les uns si bien et les autres si mal?
Qui produit nos besoins, nos ennuis et nos craintes,
Sans se laisser toucher de nos pleurs, de nos plaintes,
Peut-on le concevoir? Oui, sans doute, on le peut;
L'entendement humain atteint à ce qu'il veut.
Issu de l'infini, dont son feu participe,
Il peut, en s'élevant à son premier Principe,
Embrasser la Nature, apprécier son jeu,
Et voir tout s'engendrer sans le Concept d'un Dieu.

MORTELS qui gémissez, méditez ma doctrine,
Elle est noble, sublime, évidente et divine.

CHANT IV.

Pour juger la Nature et connoître ses Loix,
Il ne faut que des yeux. Déjà ma foible Voix
Bravant le préjugé que la crainte a fait naître,
A prouvé qu'un Esprit n'est rien, ne peut rien être;
Que l'Agent qui nous ment est dépourvu de Sens,
Et ne peut mériter nos vœux ni notre encens.
Pressons les argumens: prouvons au moins crédule
Que ce qu'on nous enseigne est faux et ridicule;
Substituons des faits et des absurdités,
Accablons les Erreurs du poids des Vérités,

Des Sages, avant nous, dans leurs savantes veilles,
Ont sondé la Nature et décrit ses merveilles;
La superstition ne les aveugla pas,
Mais elle détruisit la trace de leurs pas.
Observons de plus près ce qu'ils n'ont vu qu'à peine.
Las de l'Opinion, détrônons cette Reine:
En sa place érigeons le Vrai qui nous apprend
Que c'est le Ciel qui donne, et le Ciel qui reprend;
Que rien n'est gouverné par l'Esprit fantastique
Consacré par l'Erreur et par la Politique,
Et que s'il est un Dieu qui règne au firmament
C'est l'Ether, dont l'Essence est d'être en Mouvement.

L'Homme, qui tient à tout, est placé sur la terre,

Il en peut parcourir l'une et l'autre hémisphère ,
Mais ce qu'il a d'audace , il ne l'a pas de Soi ;
La Nature l'enchaîne à la commune loi ;
Lui donne ses vertus, ses vices , son génie,
Lui fait subir les maux attachés à la vie,
L'instruit dans le grand art de les savoir souffrir ,
Et de s'en consoler dans l'espoir du plaisir.
Ce qu'elle fait en lui s'opère en elle-même
Par son Régulateur dont le pouvoir suprême
Est de créer, mouvoir et classer sans efforts ,
Les Cieux , les Elémens, les Esprits et les Corps.
Veut-on s'en assûrer? suivons la grande chaîne
Qui meut tout, soutient tout, et que tout nous entraîne.

LE globe où l'Homme naît sans trop savoir pourquoi ;
Ce globe , environné de splendeur et d'effroi ,
Qui , par son poids énorme et sa vaste étendue,
Etonne nos Esprits et charme notre Vue ;
Ce globe, suspendu sous la voûte des Cieux ,
Y tourne sur son axe et gravite comme eux.
Tout grand qu'il nous paroît ce n'est qu'un Satellite
Que l'Ether environne et tient dans son orbite.
Je vois dans cet Ether un Atlas bien puissant ,
Puisqu'il soulève et roule un monde obéissant.

VEUT-ON prendre une idée encore plus sublime
De l'Ether d'où tout sort et dans qui tout s'abîme
Arrêtons nos regards sur ce fait apparent.
C'est qu'il soutient aussi dans un Plein transparent
L'Astre qui , dans la nuit, nous guide et nous éclaire,

F

Ces Globes par milliers, étrangers à la terre ;
Ce Soleil éclatant qui nous darde ses feux,
Tous les Astres enfin qui sillonnent les Cieux,
Dont le poids effrayant presse leur atmosphère
Sans qu'il leur soit permis de franchir leur barrière.

PO U R pouvoir soutenir et diriger toujours
Les Astres de la nuit, et le flambeau des jours,
Il faut que cet Ether, cet Etre inaltérable,
Pur et resplendissant, soit incommensurable,
Et devant croire alors à son immensité
J'y vois les attributs de la Divinité.
De cet Etre éminent, le Tact est peu sensible ;
Il est simple, agissant, éternel, invisible,
Immuable, infini, subtil et pénétrant ;
C'est donc ce vrai Principe et le premier Agent ;
C'est le seul Souverain de la Nature entière ;
C'est celui qui gouverne et le Ciel et la Terre ;
C'est de tout ce qu'on voit le Moteur évident,
Sans lui, tout n'eût jamais été que le Néant.
Et qui pourroit nous dire où l'Ether se termine ?
Où l'on ne ressent pas sa présence divine ?
Son Centre est en tout lieu, nul ne peut désigner
Où sa Circonférence iroit se terminer.
On convient aujourd'hui du plein de la Nature,
Qui pourroit contester ce que Descarte assûre ?
Le vide aux bons Esprits fut toujours répugnant,
Et la raison ne peut admettre le Néant.
Mais si cette raison présente à notre vue
Un Ether infini dans sa vaste étendue,

Qui pourroit un peu voir que cette infinité
Réunit la Puissance avec l'immensité.
Immense en étendue, infinie en Puissance,
Voilà l'ame du monde, et l'être par Essence ;
Nous ne concevons pas comment cet Etre agit ;
Mais la physique apprend que c'est lui qui régit
Tout ce que nous voyons qui végète ou respire,
Ce que tout l'Univers contient dans son Empire ;
Que par-delà nos Cieux est un Ciel aussi beau,
Recommençant encor un Univers nouveau,
Qui chariant l'Ether dans ses routes profondes,
Durant l'éternité refait de nouveaux mondes ;
Et nous savons enfin que tout être existant
Fût avant d'exister un fluide éminent ;
Qu'un germe n'est qu'un point, un atôme insécable,
Qui par des aggrégats croît et devient palpable ;
Qui végète et s'anime en subissant l'effet
Qu'imprime à chaque instant le Moteur qui l'a fait ;
Moteur trop méconnu, mais pourtant nécessaire,
Puisque sans sa vertu, rien n'auroit pu se faire.

Et ce qui doit encor nous paroître évident,
C'est que ce même Ether, plutôt Dieu qu'élément,
Renferme dans son Sein une Trinité pure,
Qui préside et commande à toute la Nature ;
Qu'on retrouve par-tout, dont tout être est formé,
Soit que le corps soit brut ou qu'il soit animé.
J'entends parler ici de *l'Espace* indicible,
De la Matière simple, élastique, insensible,
Enfin du Mouvement qui façonne à nos yeux

Les objets les plus vils et les plus précieux.
Ces trois Etres sont Un , ils sont inséparables,
Et leur réunion de tout les rend capables.
L'Espace contient tout dans son immensité ;
La matière remplit tout par sa réalité ,
Et c'est le Mouvement qui jamais ne repose ,
Qui dispense la vie aux Cœurs dont il dispose.
Oh ! que dans l'Univers tout se combine bien !
Supprimez la Matière et l'Espace n'est rien ,
Le Mouvement c'est plus : car qu'est-ce que l'espace
C'est le lieu qui remplit la Matière efficace.
Le Mouvement lui-même est le simple accident
Que subit la matière en son déplacement.
Donc *Mouvement*, *Espace*, et *Matière* agissante ,
Sont chose indivisible et pourtant différente,
Et qui , si je l'ai bien conçu, bien supputé,
Compose une admirable et juste Trinité
Dont on ne peut nier la réelle existence ,
L'immensité , la force et la toute-puissance.

NE soyons plus surpris , avec de tels agens ,
S'il existe des Corps, si les Corps ont des Sens,
Si de ces Sens en nous résultent la Pensée
Qui rend l'Homme si fier quand elle est exercée.
On dit que la Pensée émane de l'Esprit ;
Mais quand ma voix l'exprime, et quand ma main l'écrit;
Quand tout œil peut la voir , toute oreille l'entendre,
N'est-il pas évident pour qui sait le comprendre,
Qu'elle n'est que l'effet de nos affections ,
Et le simple produit de nos Sensations ?

L'esprit pur n'est pour rien dans le feu qui m'éclaire;
Ma raison n'y peut voir et n'y voit que Matière.
Notre entendement naît du rapport naturel
Entre le Sens intime et l'apperçu réel,
Rapport qui s'établit par le flux réversible
Du Céleste Elément à qui tout est possible.

L'ETHER est un Prothée, il se transforme en tout.
Comme en lui tout commence, en lui tout se résout.
Ses ressorts sont cachés, sa marche est évidente;
Tout Etre est un effet de sa vertu puissante.
Il agit en silence, il opère en tout tems,
L'homme seul sait combien ses résultats sont grands.
Le Soleil qui nous luit, la Lune qu'il éclipse,
Sont des Aérostats décrivant leur Ellipse;
L'Ether est plus sublime et plus étonnant qu'eux;
Il soutient, environne et gouverne les cieux.
Il fait le feu, les eaux, les vents et les nuages;
C'est lui qui renouvelle et qui détruit les Ages;
C'est l'unique élément de tous les végétaux;
Et le Père commun de tous les Animaux,
Les Astres, les Humains, les élans de nos ames
Sont les nobles produits de ses célestes flammes,
Voilà le grand secret que j'ose réveler,
Et c'est le dernier terme où l'Esprit peut aller.

Qu'on ne reproche pas à ma Philosophie,
Lorsque j'indique ainsi la source de la Vie,
Le principe des Sens et du raisonnement,
De dégrader notre Etre et notre entendement.

En n'admettant en nous qu'un jeu de la Matière,
Notre ame s'ennoblit, elle en devient plus fière ;
Un sûr instinct nous dit que, même dans les fers,
L'Homme par la pensée est Roi de l'Univers.
Le Ciel qui fit en moi son plus parfait ouvrage
Sans doute est bien puissant; je le suis davantage.
Le Ciel est sans organe et fait tout sans projets,
Tandis que par mes Sens embrassant mille objets,
Mon esprit les divise, à son gré les rassemble,
Et peut seul en saisir les détails et l'ensemble.
C'est du Ciel, il est vrai, que je tiens mes talens;
Mais le Ciel est aveugle et je vois ses Agens.
Du rapport de mes Sens à mon ame incertaine
Naissent mes sentimens ou d'amour ou de haine,
Et c'est toujours enfin d'après ce que je vois
Que mon cœur se décide et parle par ma voix.
Ce flux alternatif des Sens au Sens intime,
Nous paroît étonnant autant qu'il est sublime ;
Mais comme il est réel, il prouve évidemment
Que le Corps et l'Esprit sont du même Elément;
Que tous deux sont soumis aux loix de la Statique ;
Aux effets d'un Agent simple, pur et Tonique,
Qui sans jamais vouloir, faute de volonté,
Nous force d'obéir à la Nécessité.

J'irai bientôt planer dans le céleste empire,
Séparé désormais de tout ce qui respire,
Mes Sens seront éteints; mes Esprits divisés,
En se décomposant seront Divinisés.
Si rien ne peut périr dans la Nature entière;

Si tout , en retournant à sa source première
S'y confond à jamais , nous ne pouvons douter
Que ce qui vient du Ciel ne doive y remonter :
Non vers le Dieu fictif qu'on ne sauroit comprendre.
Qui ne peut rien créer , rien vouloir , rien entendre ;
Et qui privé de Corps , de Sens , de Mouvement ,
De Vie et de Substance , est égal au Néant ;
Mais vers un Dieu réel , vers un Etre admissible :
Qui même en nous formant n'a fait que le possible :
Architecte éternel de la Terre et des Cieux ,
Qu'apperçoit tout Mortel quand il lève les yeux.

Des produits de ce Dieu le plus Sublime est l'Homme,
En voyant de nos maux l'incalculable Somme,
On est loin de le croire un Etre intelligent,
Et de le supposer sensible et bienfaisant.
Quand je m'élève à lui du sein de ma misère,
Je ne le vois jamais qu'aveugle et nécessaire.
Je dis , si l'Homme souffre et s'il subit la mort,
C'est que tout est en butte aux outrages du sort,
Qui ne respectant rien en courant sa carrière,
Fait toujours, sans savoir ce qu'il fait ou va faire,
Et qui ne finissant que pour recommencer
Obtient tout d'un Agent qui ne sauroit Penser.
Le Ciel qui pour les Bons n'a pas de récompense ,
Ne peut sur les Méchans exercer sa vengeance ,
Il ne pense qu'en Nous. Homme-Dieu , sois flatté
D'être l'organe heureux de la Divinité ;
D'être l'esprit du Dieu qui féconde la Terre,
Qui dispense la vie , et Sème la Lumière.

Ce Dieu fait tout en nous et n'en exige rien.
Les seuls heureux sont ceux qu'il nécessite au Bien.
S'il s'épuise à former des Savans et des Sages,
Sachons les honorer par d'éclatans hommages ;
Le vrai culte n'est dû qu'aux hommes vertueux ,
Ils sont Dieux sur la terre, atômes dans les Cieux.

CHANT

CHANT V.

Mortels reconnoissez un Moteur Nécessaire ;
Sans lui rien ne s'entend, tout est fable ou mystère ;
Avec lui tout s'explique, et la Religion
Ne peut sans aucun fruit qu'alarmer la Raison.
C'est-elle toutefois qui doit pendant la Vie
Eclairer les Humains et guider le génie.
On ne peut s'abuser lorsque l'Esprit ne croit,
N'assûre et ne répend que ce qu'il Sent et Voit.
Sachons nous affranchir des erreurs de nos Pères ;
Ne nous égarons plus en pays des chimères.
Tout objet de la Foi n'est qu'une absurdité
Que prêche l'imposture à la crédulité.
Le bon sens s'y refuse, et ne sauroit se rendre
Qu'aux seules vérités que l'esprit peut comprendre.
Un Dieu qui s'est caché, le Dieu qu'on dit jaloux,
Qui hait et qui punit, est-il un Dieu pour nous ?
L'immensité des Cieux, la Matière éternelle
Qui se montre et se meut, qui par-tout étincelle ;
Voilà l'Etre divin qui déroule les Tems,
Qui fait germer la terre et qui parle à nos Sens ;
Il s'est fait Homme en moi ; de lui je vois tout naître ;
Nul Mortel n'a besoin de Foi pour le connoître.
En supposer un autre et craindre son pouvoir,
Disons-le, c'est avoir des yeux pour ne pas voir,
C'est trahir sa Raison et se tromper soi-même.

Abjurons à jamais ce ténébreux système ;
Ne voyons sous le Ciel rien de miraculeux ;
Rejettons l'impossible et croyons à nos yeux ,
A notre entendement , à notre Sens intime ,
Et ne Déïfions ni l'erreur ni le crime.

Assez et trop long-tems les aveugles mortels
On craint d'un Dieu vengeur les châtimens cruels ;
Il n'étoit réservé qu'à la Philosophie
De nous débarrasser de cette crainte impie ,
Et de nous délivrer des Tyrans couronnés ,
Qui par d'indignes fers nous tenoient enchaînés.
Plus sages, plus instruits que n'étoient nos Ancêtres,
Nous avons en horreur et les Rois et les Prêtres
Qui sans cesse abusant de leur fatal pouvoir
Causoient notre ruine et notre désespoir :
Despotes arrogans , dominateurs infames
Qui dévoroient nos Biens et dégradoient nos ames.
En renversant le Trône et brisant les Autels ,
Les Français sont rentrés dans leurs droits naturels ;
Affranchis désormais de ce double esclavage ,
L'Europe connoîtra ce que peut leur courage.

Législateurs, sur vous un Grand Peuple a les yeux,
Ne soyez plus pour lui des Hommes, mais des Dieux.
Il a mis dans vos mains le Sceptre et sa Balance.
Illustrez ses destins, comblez son espérance.
Sur les Droits des Humains, sur leur Egalité,
Posez les fondemens de notre Liberté.
Etendez vos regards sur la race future ;
Subordonnez vos loix aux loix de la Nature ;

Proscrivez ces vains noms par l'orgueil inventés,
Que de prétendus Grands trop long-tems ont portés.
Détruisez ces abris de la fénéantise,
Ces supôts dangereux du Trône et de l'Eglise,
Dont la stupide audace et l'art insidieux
Distile l'imposture et parle au nom des Cieux ;
Qui s'osent arroger l'insolent privilège
De consacrer un Dieu dans un pain sacrilège ;
Qui font manger la Chair, et qui boivent le Sang
De ce Dieu, qu'une Vierge eut, dit-on, dans son flanc ;
Qui mourut attaché sur un Gibet infâme ;
Qui se ressucita, reprit son Corps, son Ame,
Remonta dans le ciel, sans que sa mort pour nous
Ait adouci sa haine et calmé son couroux :
Nous accablant toujours de toutes nos misères
Et damnant les Enfans comme il damnoit les Pères.
Dévoilez cet amas de mensonges sacrés,
Par les Nazaréens sottement révérés.
Soyez de vérités une source féconde,
Et nous verrons en vous les Bienfaiteurs du Monde.

Contenez les méchans ; abhorrés en tout lieu,
Ils pêchent contre l'ordre et non pas contre Dieu :
On ne peut offenser un Sylphe imaginaire.
Mais si, par leurs complots, ils désolent la terre ;
S'ils troublent le repos de la Société,
Réprimez les excès de leur perversité.
Nous, pratiquons le Bien, aimons-le pour Nous-même ;
Voilà des bons Esprits la science suprême ;
Fit-on jamais pour Dieu ce que l'on fait pour soi ?

Je ne sai rien de lui, sinon qu'il est en moi ;
Je crois ne rien devoir à l'Etre que j'ignore ;
Les Sages, les Savans sont les Dieux que j'honore ;
J'excuse les erreurs, je prise les Hauts-faits,
Je plains les Criminels et je hais les forfaits.

Si, pour le bien public, dont le nom seul m'enflamme,
Il falloit de mon Corps voir séparer mon Ame.
Je ne m'en plaindrois pas : le sacrifice est grand,
Mais le devoir l'impose et la vertu l'attend.
Qui peut de son Pays bannir la Tyrannie,
Doit-il priser ses jours et calculer sa vie ?
Nul ne m'asservira jamais de mon aveu.
Vivre libre ou mourir, voilà mon dernier Vœu.
En fiers Républicains, en Citoyens fidèles,
Poursuivons, sans pitié, les traîtres, les rebelles ;
Et ne dictons la Paix, ne goûtons le repos,
Qu'après avoir détruit les Rois et leurs Suppôts.

Détournons les Esprits d'un Culte fanatique ;
Que nos Cœurs tout entiers soient à la République ;
Le plus grand intérêt de quiconque a bien vu,
Est d'avoir du Civisme et d'aimer la Vertu.
O Patrie ! ô Vertu ! vous êtes mes oracles ;
Les Cœurs formés par vous enfantent des miracles ;
Mon plus ardent desir, ma seule ambition,
Seroit de mériter l'honneur du Panthéon.

C'est dans ce monument que l'Univers contemple,
Dans ce lieu consacré, dans cet auguste Temple
Que reposent en paix ces heureux immortels

Que la France a jugés dignes de ses Autels.
Là ne sont pas ces Rois, ces Tyrans redoutables,
Qui furent trop long-tems impunément coupables;
Ces Prélats scandaleux, ces Prêtres imposteurs,
Des plus rares Esprits lâches persécuteurs;
Ces Sujets immoraux, ambitieux et traîtres,
Qui flattoient bassement et détestoient leurs maîtres:
Ces Ministres sans foi, ces Juges arrogans
Qui dédaignoient le Peuple et courtisoient les Grands.
Mais là sont ces Héros, dignes de notre envie,
Qui reçurent la Mort en servant la Patrie;
Ces Hommes transcendans, ces Sublimes Esprits
Qui respirent encor dans leurs divins écrits;
Ces Orateurs profonds, ces Poëtes célestes
Qui de nos préjugés ont détruit tous les restes:
Adorables objets! les cœurs à votre aspect
Sont pénétrés d'amour et saisis de respect.
Vos Noms et vos Vertus passeront d'âge en âge,
Et nos derniers neveux viendront vous rendre hommage.
Quand d'un Peuple fait libre on a bien mérité,
On a de justes droits à l'immortalité.
On peut pour quelque tems surprendre son Estime;
Mais dès qu'il apperçoit l'ombre même du Crime,
Loin de déifier d'illustres Scélérats,
Il les voue à l'opprobre et ne les damne pas.

Lorsqu'un fatal penchant que donne la Nature
Produit un Assassin, un Brigand, un Parjure,
Ils sont assez punis du crime d'un moment,
En subissant des Lois le juste châtiment,

Sans que leurs passions à la vertu rebelles.
Leur fasse redouter des peines éternelles.
Déjà trop malheureux d'avoir été méchans ,
De n'avoir pu dompter les funestes penchans
Qui malgré leurs efforts tyranisoient leurs Ames,
S'il leur faloit encor éprouver dans les flammes ,
Même après le trépas, des tourmens odieux ,
C'est qu'il existeroit un Dieu plus méchant qu'eux.
Libres de cette erreur, mettons au rang des fables
Le Dieu qui n'eut voulut faire que des coupables ;
Qui ne versant sur nous que de rares bienfaits
Eût pu sur nos malheurs ne s'attendrir jamais ;
Qui toujours s'abreuvant du fiel de sa colère,
Puniroit les enfans du délit de leur Père :
Non, ce Dieu-là n'est pas , non, jamais son vouloir
N' ût pû réaliser un caprice aussi noir.
Plus on fait redouter sa haine et sa vengeance ,
Et moins nous lui devons d'amour et de croyance.

Ne voyons dans la Mort que le plus doux repos ,
Le terme de la vie et la fin de nos maux.
Rendant aux élémens toute notre existence,
Notre Etre va s'unir à la grande Puissance ;
Réparer la Nature , activer ses ressorts,
Remplir ses réservoirs et grossir ses trésors :
Là finit tout espoir , et mon ame tranquille
Voit sans aucun effroi son éternel asyle.

Chassons de notre esprit la crainte des Enfers ;
Qui l'inspire aux Humains est un fourbe , un pervers ,
Un Apôtre insensé , vain prôneur de mystères ,

Qui se repaît d'erreurs et d'absurdes chimères.
Taisez-vous , cachez-vous imbéciles Tyrans ,
Qui nous prêchez un Dieu qui damne ses enfans.
Nous le représenter sans bonté , sans clémence,
Usant cruellement de toute sa puissance,
Et punissant encor au-delà du trépas ,
Sans jamais pardonner , c'est prouver qu'il n'est pas.

Sublime Vérité ! viens consoler la terre ;
Répands sur nos esprits ta divine lumière.
C'est toi qui nous apprends à juger sainement,
En daignant te montrer à notre entendement ;
C'est par toi que j'ai su remonter à la Cause
Qui nécessairement a produit toute chose.
Si mes Sens m'ont trompé , si j'offense les Dieux ;
Qu'aurois-je à redouter ? mon erreur me vient d'eux.

FIN DU CINQUIÈME ET DERNIER CHANT.

L'Ode qui suit est l'abrégé du système plus développé dans le Poème qui précède. L'Auteur se plaisoit à réciter cette Ode à ses amis, et à la rapprocher de la paraphrase du Cœli enarrant de J. B. Rousseau. Il n'avoit pas la prétention de faire d'aussi beaux Vers que ce Poète célèbre; mais il croyoit ses idées plus philosophiques et plus concluantes; il trouvoit d'ailleurs qu'à partir de la Strophe : O que tes œuvres sont belles! le Poète, qui s'est d'abord montré sublime, n'a pas soutenu la majesté du ton qu'il avoit pris, et que c'est plutôt en pieux Rhéteur quand grand homme qu'il s'est exprimé. Il s'est montré plus Philosophe dans l'une des Strophes précédentes, où il dit, en parlant des Globes célestes :

> Ce grand et superbe ouvrage
> N'est point pour l'Homme un langage
> Obscur et mystérieux ;
> Son admirable structure
> Est la voix de la NATURE
> Qui se fait entendre aux yeux.

Rousseau a dit à cet égard une grande vérité que la saine raison ne sauroit lui contester. Buffon prétend que la Nature n'est rien, et que si elle étoit quelque chose elle seroit Dieu. Il ne croyoit certainement pas à la première partie de cette assertion ; il faudroit s'aveugler pour ne pas sentir que par elle-même et par ses agens la Nature fait et dirige tout, et que c'est elle qui conserve et détruit tous les Etres qu'elle a formés de sa substance par sa puissance immense et son éternelle activité.

LA NATURE,
ODE.

Felix, qui potuit rerum cognoscere causas,
Atque metus omnes, et inexorabile fatum
Subjecit pedibus, strepitum que Acherontis avari!
Virg. Georg.

Je vais parler de la Nature ;
Je vais dévoiler l'imposture
Qui règne à l'ombre des Autels.
Qu'à mes yeux le grand livre s'ouvre,
Et que la raison m'y découvre
L'erreur qui séduit les Mortels.

Par-tout la Nature est la même ;
Sans nuages et sans emblême,
On la reconnoît à ses traits ;
Insecte, Animal, Homme ou Plante,
Pas un Etre qui ne ressente
Et ses rigueurs et ses bienfaits.

Gardons-nous de la croire injuste;
En combinant sa marche auguste
On pénêtre la vérité.
La foule des maux qu'on rencontre,
En nous accablant ne nous montre
Que Statique et Nécessité.

H

Evoquons la cause première?
Est-ce l'esprit ou la matière
Qui commande aux évènemens?
N'écoutons pas le fanatisme
Et dédaignons du fatalisme
Les déplorables argumens.

***

Forcé d'admettre une Puissance,
On suppose une intelligence
Qui fait tout sans aucun effort;
Qui peut croire à cette chimère,
Entre l'esprit et la matière
Il n'est ni contact ni rapport.

***

Que nous dit la saine physique?
Qu'il est une substance unique,
Un céleste et réel Moteur.
C'est à cette unité parfaite
Que m'élève la voix secrète
Qui me décèle mon Auteur.

***

S'il étoit au ciel un autre Etre,
Que ne se faisoit-il connoître?
Il eût dû se manifester.
Dieu, c'est le Tact élémentaire.
Et qu'un esprit eut-il pu faire?
Il ne sauroit même exister.

***

Des cieux l'éternelle influence
N'a pas besoin d'intelligence
Pour peupler la terre et les mers.
C'est dans sa course interminable
Que ce fluide intarissable
Organise tout l'Univers.

Écartons sans aucun scrupule
Le dogme absurde et ridicule
D'un esprit pur et bienfaisant :
Et puisqu'il n'est qu'une substance,
Disons que tout doit l'existence
A la matière, au mouvement.

Ces deux êtres inséparables
Font tout et de tout sont capables,
C'est des Cieux qu'ils sont émanés ;
Ils sont Un, simples et sublimes,
Ils font les vertus et les crimes
Dont nous sommes environnés.

C'est des Sens et de la Parole
Que l'homme profond ou frivole
Tient ses mœurs et ses sentimens.
Sans le Tact et sans le langage
Il seroit stupide et sauvage,
Et n'auroit que d'affreux penchans.

HOMME! connois ton excellence?
Le vrai Dieu, c'est l'être qui pense,
C'est la voix qui nous parle à tous.
L'éternel Moteur que j'admire,
N'est un Dieu que quand il respire,
Agit, voit, parle et pense en nous.

ESPRIT, sensation, structure,
L'Homme tient tout de la Nature,
Seule elle a pu nous animer.
Eclos par sa chaleur feconde,
Tout ce qui végète en ce monde,
Dans son gouffre va s'abîmer.

C'EST dans le cœur de l'homme juste,
Que des cieux la puissance auguste,
Erige un trône à l'équité.
L'Homme punit et récompense,
C'est par lui que le Ciel dispense
La honte ou l'immortalité.

SOUS le Dieu qu'on prêche à la terre,
L'Homme tremble et se désespère
Du sort dont il est menacé.
Ne craignons rien de la Nature,
En s'y confondant tout s'épure,
On finit, tout est effacé.

Non, pour plaire à l'Etre suprême,
Mais pour autrui, mais pour nous-même,
Ayons horreur de ce qui nuit (*).
Et s'il est en notre puissance,
Faisons le bien ; sa récompense
Est d'en recueillir l'heureux fruit.

ENVOI

A J.-J. ROUSSEAU, *après avoir lu sa lettre, en réponse à celle de Moulton.*

ELOQUENT Romancier, Moraliste sévère,
Publiciste profond, Ecrivain plein de feu,
J'admire tes Ecrits, j'aime ton ame fière ;
Mais tu n'es qu'un enfant quand tu parles de Dieu.
Inquiet, tourmenté, sombre et pusillanime,
Il faut un avenir à ton cœur orgueilleux ;
Tu veux un Dieu vengeur qui punisse le crime,
Un Dieu comblant de biens les mortels vertueux :
Je le voudrois aussi ; mais la haute physique
Où ton esprit timide eût peine à s'élever,
Ne sauroit adopter un Etre fantastique
Qui damne ses enfans qu'il auroit pû sauver.
Elle ne reconnoît de Dieu que la Nature
Qui fait et détruit tout sans effort, sans dessein :
Rien ne peut émaner que de sa source pure,
Et tout doit s'épurer en rentrant dans son sein.

(*) *Oderunt peccare boni virtutis amore.* Horac.

REMARQUES

SUR LE POEME DE L'ETHER,

PLUSIEURS anciens Philosophes ont pensé que l'Air étoit le premier principe de tout ce qui existe. Ceux que l'on peut principalement citer sont Talès, Anaximander et Diogène Apollonius; mais on ne croit pas qu'ils aient invoqué, pour établir leur systême, des preuves aussi fortes que celles de l'Auteur moderne du Poëme de l'Ether, qui de plus a sur eux l'avantage d'avoir exprimé son opinion dans le langage des Dieux.

Cette opinion vraisemblable n'est pas seulement justifié par ses assertions, par les preuves qu'il rapporte, et par le suffrage de plusieurs Philosophes célébres, il peut encore l'établir par les Poëtes anciens de la plus grande réputation, et par des passages formels de l'Ecriture que nous appellons sainte.

Saturne, le père de tous les Dieux, qui, dit-on, a dévoré ses enfans, est le Symbole de l'air qui fait et détruit tout.

Jupiter, qui est issu de lui, Jupiter, le premier et le plus puissant des Dieux, est reconnu comme le Dieu de l'Ether ou de l'Air supérieur; et Junon, sa femme et sa sœur, comme la Déesse de l'Air inférieur.

Jupiter n'est le premier et le plus puissant des Dieux que parce c'est l'Air qui a produit le Feu, l'Eau, la

Terre et tous les élémens secondaires, comme le mer-cure, le souphre et les sels.

Virgile dit, en parlant de l'Ether, qu'il qualifie de *Père tout-puissant*, que c'est lui qui donne la subs-tance et la vie à tout ce qui respire.

Tum pater omnipotens fœcundis imbribus Æther
Conjugis in gremium lætæ descendit, et omnes
Magnus alit, magno commixtus corpore fœtus.
Virg. Géorg.

Et en parlant de Jupiter, considéré comme Dieu de l'Air, il annonce que par le moindre de ses mouve-mens il fait trembler tout l'Univers.

Annuit et totum nutu tremefecit Olimpum.

Voilà bien, sans doute, l'effet de l'Air subtil qui, par la rapidité du mouvement qui lui est propre, agit continuellement et efficacement d'un bout de l'U-nivers à l'autre.

Et qu'on remarque bien cette expression *Annuit*, qui vient d'*Annulus*, mot qui signifie anneau, et qui annonce qu'on ne peut imprimer du mouvement à l'une de ses parties que toutes les autres n'en soient au même instant agitées.

Homère, en annonçant la toute-puissance du Dieu des Dieux, s'exprime d'une manière encore plus éner-gique, et fait aussi connoître qu'il le regarde comme la matière subtile, dont par le seul froncement de ses sourcils il produit tous les effets.

Mais ce ne sont pas seulement les Philosophes et les Poëtes qui ont conçu de la Divinité une idée semblable, on la retrouve encore dans les Ecrits de plusieurs Pères de l'Eglise, et dans ceux des Patriarches et des Prophètes. Tertulien, Saint - Justin et Saint-Irénée disent que Dieu est matière, et que sans substance il seroit impossible qu'il existât.

Saint-Paul lui-même dit que tous les Etres sont soumis aux Puissances célestes, *omnis anima potestatibus sublimioribus subdita est.* Enfin Isaïe s'exprime encore avec plus de force en parlant de la Divinité, qui selon lui ne peut être que matérielle et nécessaire. Voici, en effet, la manière dont il la fait parler d'elle-même, Chap. 44e ver. 7 et 8 : *Ego dominus et non est alter; formans cœlum et creans tenebras; faciens pacem et* CREANS MALUM. *Ego dominus faciens omnia hæc.* Un Dieu qui crée le mal ne peut être que l'Etre élémentaire. Il répugne trop *qu'un pur Esprit,* rempli de sagesse et de bonté, pût se permettre une atrocité semblable ; c'est le motif qui a déterminé l'Auteur du Poëme de l'Ether à s'élever contre l'opinion qui porte à reconnoître et à adorer une pareille Divinité ; c'est sans doute ce qui lui a fait croire qu'il pouvoit être utile de désabuser les hommes à cet égard, et de rendre publique l'instruction qu'il pensoit qu'on devoit leur donner sur ce point essentiel.

F I N.

www.ingramcontent.com/pod-product-compliance
Lightning Source LLC
LaVergne TN
LVHW022329170726
843503LV00006B/2783